Yf 7351

LE JE NE SÇAI QUOI,

COMEDIE

De Monfieur DE BOISSY.

Reprefentée pour la premiere fois par les Comediens Italiens, le 10. Septembre 1731.

Le Prix eft de Vingt-quatre fols.

A PARIS,

Chex PIERRE PRAULT, Quay de Gêvres, au Paradis.

M. DCC. XXXI.

Avec Approbation, & Privilege du Roi.

LE
JE NE SCAI QUOI,
COMEDIE
EN UN ACTE.
AVEC UN DIVERTISSEMENT.

A

ACTEURS.

MOMUS.
VENUS.
APOLLON.
LE JE NE SÇAI QUOI.
LE GEOMETRE.
LE PETIT MAISTRE.
LE SUISSE.
LE PUBLIC FEMININ.
L'ACTEUR FRANÇOIS.
LE MUSICIEN ET LA DANSEUSE.
SILVIA.
TROUPE de Calotins & Calotines.

La Scene est dans un Desert.

LE
JE NE SÇAI QUOI,
COMEDIE.

SCENE PREMIERE.

MOMUS, VENUS.

MOMUS.

UE vient faire Cypris dans ce lieu
solitaire?

VENUS.

Et qu'y cherche Momus?

MOMUS.

C'est un fripon charmant,
Qui n'est pas votre Fils, & qu'on prend pour son
Frere,

A ij

LE JE NE SÇAI QUOI,

Dont le nom même est un mystere;
Déserteur de mon Regiment
Ainsi que de Cythere.
Il a les traits peu reguliers, mais fins;
Son air est ingénu, ses discours sont badins;
Il est brun de visage, & petit de figure;
De l'Art trop composé fuit les charmes contraints,
Et tient ses agrémens des mains de la Nature.
Votre Fils est plus beau, mais je crois celui-ci,
Soit dit sans vous mettre en colere,
Mille fois plus piquant, mille fois plus joli,
Et dans tout ce qu'il fait il a le don de plaire.

VENUS.

Ah! je reconnois là, le Dieu de l'Agrément,
Le JE NE SÇAI QUOI ravissant,
Que la plus charmante des Graces
Et le Caprice ont mis au jour;
Qui faisoit autrefois la gloire de ma Cour,
Et qui fuit à present mes traces.

MOMUS.

Consolez-vous, Déesse, Apollon que voici,
Eprouve les mêmes disgraces;
Et comme vous sans doute, il vient chercher ici
Le fier Je ne sçai quoi, que cache cette Grotte.

SCENE II.

APOLLON, MOMUS, VENUS.

APOLLON.

LE Dieu Momus l'y cherche auſſi.
Eſt-ce pour lui donner un Brevet de Calotte ?
Il en eſt digne ſûrement
Par ſa rare conduite.

MOMUS.

Mais vous faites par là ſon Eloge vraiment.
La brigue ne fait rien dans notre Regiment,
On n'y reçoit que le mérite ;
Vous en faites, Seigneur, vous-même l'orne-
ment,
Auſſi bien que le Dieu dont vous blâmez la fuite.

APOLLON.

Un tel honneur me flate infiniment :
Mais je me rends juſtice, & je ſens l'avantage
Qu'a ſur moi cet Enfant volage ;
C'eſt lui qui, le premier, a rendu floriſſant
Ce Corps dont la chaleur s'eſt un peu ralentie.

MOMUS.

Eh! c'eſt depuis qu'il eſt abſent.
Sans le Je ne ſçai quoi, tout languit dans la vie,
Il en fait tout l'enchantement ;
C'eſt le Je ne ſçai quoi qui met ſur la Folie,
Cet aimable vernis qui la rend ſi jolie,
Et ſur tous mes Sujets répand cet enjouëment
Qui fait paſſer heureuſement
Leur plus piquante raillerie.
Sans le Je ne ſçai quoi, le Dieu des Vers ennuïe ;
Il donne à ſes accords ce doux charme qui plaît,
Et remplit ſeul la Tragedie
De la chaleur de l'interêt.
Sans le Je ne ſçai quoi, ſans ſa grace infinie,
La Beauté n'offre aux yeux qu'un éclat impuiſ-
ſant :
C'eſt le Je ne ſçai quoi, qui, je ne ſçai comment,
Forme la ſympathie.
Enfin, par ce Je ne ſçai quoi,
Un cœur s'attache à l'autre, & ſans ſçavoir pour-
quoi.
On combatroit en vain, ſa douce tyrannie ;
Du petit Enchanteur un regard ſéduiſant,
Un coup de tête, un geſte, une maniere,

Déeſſe des Amours, font plus en un inſtant ;
Que ne feroient votre Art & ſon talent
En une année entiere.
Heureux cent fois l'Auteur,
Heureux l'Amant, heureux l'Acteur,
Heureuſes mille fois les Belles,
Sur qui ſes liberales mains
Répandent en naiſſant ſes graces naturelles;
De toucher & de plaire ils ſont toûjours certains.

APOLLON.

Ciel! qu'entens-je? Momus s'eſt fait Panégyriſte.

VENUS.

Le Dieu des Médiſans devient votre copiſte.

MOMUS.

Doucement, je ne fais cet Eloge de lui,
Que pour mieux vous blâmer l'un & l'autre au‑
jourd'hui.
Du départ de ce Dieu vous êtes ſeuls la cauſe.

APOLLON.

Qui! nous?

MOMUS.

Vous même ; en vain vous faites les ſurpris.

VENUS.

Je m'étonne, ſur nous, que vous mettiez la choſe.

LE JE NE SÇAI QUOI,

MOMUS.

Ce sont tous les abus que vous avez permis,
C'est l'affectation, c'est la coquetterie,
Le fard & le clinquant qui semble, des Habits,
    Avoir passé dans les Ecrits;
Ce sont tous les faux airs que le Faste a fait naître,
    Qui l'ont forcé d'abandonner Paris,
.Pour suivre la Nature en ce séjour champêtre.
Voilà ce qu'a produit la fureur de paroître.
De la Simplicité l'on ne sent plus le prix;
Toute Belle est coquette, & fait gloire de l'être;
    Tous les Auteurs sont beaux Esprits,
    Et tout Amant est Petit-Maître.
De la contagion si quelqu'un est exempt,
    C'est à l'abri de ma marotte,
Et pour amis du Vrai, je compte uniquement
    Nos Officiers de la Calotte.

APOLLON.

Je fronde, comme vous, le faux goût d'à present,
Mais, malgré mes efforts, son Empire s'étend.

VENUS.

C'est par un pur caprice, & non par notre faute,
Que nous avons perdu ce Génie inconstant;
    Avec les graces de sa Mere,

Il a l'humeur fantafque de fon Pere.

MOMUS.

Ce que j'y vois pour vous de plus trifte aujour-
d'hui,

C'eft que depuis le jour que ce Dieu s'eft enfui,

L'Ennui mortel a pris fa place,

Et l'on bâille à Cythere auffi fort qu'au Parnaffe.

L'Amour ne fait plus que languir,

De vains amufemens on a beau le remplir,

Le cœur demeure toûjours vuide,

Et l'Ennui, d'un vol rapide,

S'y vient nicher au milieu du Plaifir.

VENUS.

Le moyen de s'en garantir ?

MOMUS.

Cela me paroît difficile.

VENUS.

Il a même forcé notre dernier azile,

Le Theâtre eft en proye à fa noire vapeur.

MOMUS.

C'eft notre premier Temple ; il eft de notre honneur

D'en prendre la défenfe :

C'eft la caufe d'ailleurs de tous les Immortels.

Si l'Ennui s'établit dans le sein de la France,
Il détruira tous leurs Autels.

APOLLON.

Contre un fleau si grand que peut votre puissance?
Que faire enfin ?

MOMUS.

Agir tous de concert,
Pour arracher de ce Desert
Le Dieu, dont la présence,
Peut seule exterminer cet Ennemi fatal :
Mais il ne faut pas moins qu'un effort general ;
Cette Grotte & ces lieux qu'arrose une onde pure,
Pour retenir ses pas semblent formés exprès ;
De leur agréable structure,
Le seul Caprice a fait les frais.

VENUS.

Mais comment l'arracher du fond de sa retraite ?

MOMUS.

Pour lui faire quitter ces lieux,
Ecoutez un dessein que mon esprit projette,
Et qui sera, je crois, approuvé dans les Cieux :
Parmi tous les Mortels qui nous rendent hom-
mage,
Que chacun de nous tâche à trouver un sujet,

Qui puiſſe avoir l'heureux attrait
De rappeller ce Dieu volage,
Et de le fixer tout à fait.

APOLLON.

Vous eſperez avoir, ſans doute, l'avantage
De l'emporter ſur tous les autres Dieux;
Et ce retour ſera l'ouvrage
De quelque Calotin joyeux.

MOMUS.

Mais ne croyez pas rire, avec un tel langage;
On plaît moins par le Sérieux,
Qu'on ne fait par le Badinage;
Et le Je ne ſçai quoi, ſi charmant à nos yeux,
Eſt lui-même porté vers le Calotinage,
Et tient de lui ſes traits les plus victorieux.

VENUS.

Mais aux Mortels pourquoi donner la gloire
De l'execution?
C'eſt nous avilir de les croire
Dans cette occaſion,
Plus capable que nous d'obtenir la victoire.

APOLLON.

Oüi, de n'avoir pas cet honneur,
Ma dignité s'offenſe & mon orgüeil murmure.

MOMUS.

C'eſt cette dignité qui doit nous en exclure :
La contrainte & l'aprêt qui ſuivent la Grandeur,
Donneroient l'épouvante à notre Deſerteur.

VENUS.

Avant de recourir à ce moyen extrême,
　　　Moi, je veux eſſayer du moins,
Si je ne pourrai pas réüſſir par moi-même.

APOLLON.

Et j'y vais, comme vous, appliquer tous mes ſoins.

MOMUS.

　　　Des Coquettes elle eſt la Reine,
　　　Il eſt le Dieu des beaux Eſprits ;
　　　Je ne ſuis nullement ſurpris
　　　Si l'Amour propre les entraîne.
D'un ſi noble deſſein je vous applaudis fort :
　　　Mais voici ce Dieu ſolitaire,
　　　Qui vers ce Lieu prend ſon eſſort ;
Il s'offre à vos filets, ſignalez votre effort.
Pour convaincre les Dieux du choix qu'ils doi-
　　vent faire,
Et pour ſonger au mien, moi, je quitte ce bord.

Il s'en va.

SCENE III.

APOLLON, VENUS, ARLEQUIN.

ARLEQUIN.

QUels font les importuns qu'ici je vois paroître?

C'eft Apollon, & Madame Venus.
Qu'ils font changés depuis que je ne les ai vûs !
J'avois d'abord peine à les reconnoître.

APOLLON.

Il s'effarouche en nous voyant.

ARLEQUIN.

Que veulent-ils?

VENUS.

Il faut l'aborder doucement.

ARLEQUIN.

Quelle affectation ! quel rouge épouvantable !
Je ne puis foûtenir leur afpect feulement.
Vîte, rentrons dans mon appartement.

VENUS.

Pourquoi nous fuir, Génie aimable ?

APOLLON.

Vous feriez accompli,
Si vous vouliez vous montrer plus affable.

ARLEQUIN.

Ah ! vous me trouvez donc joli ?

VENUS *d'un air minaudier.*

Plus on vous voit, & plus on vous trouve agréable.

ARLEQUIN *à Venus.*

Ce compliment est fort poli ;
Mais, ne pourriez-vous pas de grace,
Me dire des douceurs, sans faire la grimace ?

APPOLLON *faisant le gracieux.*

Tout est charmant en vous. Vous êtes embelli
Même par votre brusquerie.

ARLEQUIN.

Ah ! vous m'affadissez par votre flaterie,
Et vous accompagnez ce trait digne de vous,
D'un souris fat & plein d'affeterie,
Capable de gâter l'Eloge le plus doux.
Faites-moi tous les deux un plaisir, je vous prie ?

APOLLON.

Volontiers.

ARLEQUIN.

Privez-moi de votre Compagnie.

Ou trouvez bon que je vous dise adieu.

VENUS.

D'où vous vient cette saillie ?

ARLEQUIN.

D'une raison sans repartie.
Nous ne sçaurions tous trois être en un même lieu,

APOLLON.

Mais pourquoi donc, je vous suplie ?

ARLEQUIN.

C'est qu'avec l'Art, j'ai de l'antipathie,
Et pour trancher les discours superflus,
Que Madame n'est plus
Qu'une vieille Coquette à mes yeux enlaidie,
Dont je ne puis souffrir le visage fardé ;
Et que vous êtes, vous, un bel Esprit guindé,
Dont l'entretien m'ennuye.

APOLLON *l'arrêtant.*

Arrêtez, charmant Je ne sçai quoi,
Ne partez pas si vîte.
Nous avons traversé les Airs, Venus & moi,
Pour venir vous rendre visite.

ARLEQUIN.

Adieu, je prens la fuite,
Dès qu'on court après moi,

VENUS *en le retenant.*

Ah! montrez-nous plûtôt le moïen de vous plaire,
Pour vaincre vos rigueurs, dites, que faut-il faire?

ARLEQUIN.

Vous raprocher de la Simplicité.

APOLLON.

C'eſt à quoi, chaque jour, notre eſprit s'étudie ;
Et ſans ceſſe par nous votre air eſt imité.

ARLEQUIN.

Par là même, morbleu, vous êtes affecté :
On n'eſt plus naturel, ſi-tôt que l'on copie.
Ainſi, plus de commerce.

VENUS.

      Ah! quelle cruauté!
Le dernier des Mortels ne ſeroit pas traité
   D'une façon plus dure.

ARLEQUIN.

Je le recevrois beaucoup mieux.

APOLLON.

Pourquoi nous faire cette injure ?

ARLEQUIN.

C'eſt que les hommes ſont moins fardés que les
 Dieux,
  Plus on eſt guindé dans les Cieux,
        Moins

Moins on eſt près de la Nature,
Et ſouvent les plus Grands ſont les plus en-
nuyeux.
Voilà pourquoi je vous fais mes adieux.

VENUS.

C'eſt moi plûtôt qui vous cede la place.
Je rougis d'en avoir trop fait,
Et mon juſte dépit me chaſſe.
Une mortelle aura peut-être le ſecret
De venger ma diſgrace.

Elle ſort.

APOLLON.

Honteux d'avoir tenté des efforts ſuperflus,
Je vais ſuivre trop tard le conſeil de Momus.

B

SCENE IV.

ARLEQUIN, UN GEOMETRE.

LE GEOMETRE *fans voir Arlequin.*

PLus je combine, plus je penfe,
Et moins dans le fond je conçoi
Le prétendu JE NE SÇAI QUOI,
Dont chacun regrette l'abfence,
Et qu'on dit en ces lieux faire fa réfidence.

ARLEQUIN *à part.*

Ce Faquin-là médit de moi.

LE GEOMETRE.

Ou la Geometrie eft fauffe & vaine en foi,
Et je fuis une franche bête;
Ou ce Je ne fçai quoi, dont l'Univers s'entête,
Et cette gentilleffe avec cet agrément,
Que dans le monde on cherche tant,
Et dont on prétend qu'il eft Pere,
Ne font qu'une pure chimere.
L'exacte Vérité, la folide Raifon,
Ont feules droit de plaire;

Tout le reste n'est qu'un jargon.

ARLEQUIN.

Holà, héy ! Jargon toi-même.

Sçais-tu bien, maître Original,

Sçais-tu bien que celui dont tu parles si mal,

Pourroit fort bien punir ton insolence extrême.

LE GEOMETRE.

Vous le connoissez donc ?

ARLEQUIN.

Oüi,

Ma gloire, qui plus est, m'engage à le défendre,

LE GEOMETRE.

Pour moi, la Vérité qui me conduit ici,

Ne me permet pas de me rendre,

Avant d'être mieux éclairci.

ARLEQUIN.

Pour convaincre à l'instant ton esprit endurci,

Il te suffit de sa présence.

LE GEOMETRE.

Où donc est-il ? je serois curieux

D'en faire l'analyse.

ARLEQUIN.

Il te crêve les yeux,

Homme ignorant à force de science.

LE GEOMETRE.

Mais je ne vois que vous feul en ces lieux.

ARLEQUIN.

Eh, n'aperçois-tu pas, Butor, que c'eſt moi-même.

LE GEOMETRE.

En ce cas là vous êtes un problême,
Que je ne puis reſoudre, & dont je dois douter.

ARLEQUIN.

Mais, Animal indécrotable,
Je ſuis un Eſtre, moi, mais un Eſtre palpable.
Tu n'as plûtôt qu'à me tâter.

LE GEOMETRE.

Le rapport de mes Sens eſt trompeur, variable,
Sur lui je ne puis m'aſſûrer :
C'eſt mon Eſprit qu'il faut ſeul pénétrer
D'une conviction qui ſoit inébranlable.
A mes regards que ſert de vous montrer :
Je ne ſçaurois vous croire véritable,
Vous que rien juſqu'ici n'a pû me démontrer.
Il faut, s'il vous plaît me permettre,
Pour me convaincre pleinement,
De vous examiner géometriquement,
Et de vous définir ſans plus long-tems remettre.

ARLEQUIN.

Apprenez qu'il faut me sentir,
Et qu'on ne peut me définir,
Monsieur le Géometre.

LE GEOMETRE.

Souffrez du moins, de peur d'un Quiproquo,
Souffrez que je vous décompose,
Ou je vous tiens pour un Zero.

ARLEQUIN.

Je vais te faire voir que je suis quelque chose,
Et te décomposer toi-même de façon,
Que tu vas au plûtôt changer d'opinion.

LE GEOMETRE.

Arrêtez, point de violence.
Là, soit, pour un moment j'admets votre existence,
Mais pour mieux affermir mon esprit chancelant,
Avec ce demi Cercle * agréez seulement,
Que je mesure ici votre circonference,
Et prenne exactement chaque dimention.

ARLEQUIN.

Mais il me prend, je pense,
Pour une Contrescarpe, ou pour un Bastion.

* Il tire de sa poche un demi Cercle, & le braque sur une
Canne qu'il tient à la main, & qui sert d'appui.

LE GEOMETRE.

Ne remuez donc pas. Un peu de patience.

ARLEQUIN.

Renverſons & briſons ſon Inſtrument maudit.

LE GEOMETRE.

Que faites-vous ? Quel aveugle dépit !

ARLEQUIN.

Vous êtes un Faquin, dont l'audace ſournoiſe
Et le doute inſolent excitent mon courroux.
Je ne ſuis pas un Dieu qu'on meſure à la toiſe,
Et je devrois ici vous donner mille coups.

LE GEOMETRE.

Eh, par là qu'avanceriez-vous ?

ARLEQUIN.

Je ſçaurois te convaincre avec tes propres armes.
Mais, va, tu n'as point d'yeux pour connoître
  mes charmes,
Et toi-même tu perds tous les ſoins que tu prens.
Je ſuis un Don de la Nature,
Qu'on ne peut concevoir par l'art ni par le tems,
Et qu'on ne vit jamais briller dans la figure,
Ni dans le Cabinet de Meſſieurs les Sçavans.

LE GEOMETRE *en s'en allant.*

Pour moi, qui ne me rends qu'à la ſeule évidence,

J'en fuis toûjours pour ce que j'en ai dit ;
Et dans cette occurrence,
Mes yeux font convaincus , mais non pas mon ef-
prit.

ARLEQUIN.

Si tu me comprenois, je perdrois mon credit.

SCENE V.

ARLEQUIN, LE PETIT MAISTRE.

LE PETIT MAISTRE.

AU Dieu de l'Agrément je fais la reverence,
En qualité d'Ambaffadeur.

ARLEQUIN.

Et quelle eft la Puiffance,
Qui vers notre Grandeur
A député votre Excellence ?

LE PETIT MAISTRE.

En me voyant, Seigneur,
Vous devinez qui c'eft , je penfe.

ARLEQUIN.

Moi ? point du tout.

LE PETIT MAISTRE.

      C'eſt Venus & l'Amour,
Qui ſoupirent tous deux après votre retour,
Et qui m'ont aujourd'hui donné la préference
    Sur tant d'aimables Gens
    Qui font l'ornement de la France.
Dans cette occaſion, je dois, ſans perdre tems,
    Vous marquer ma réconnoiſſance,
Et vous faire, Seigneur, mille remercimens.

ARLEQUIN.

Eh, pourquoi s'il vous plaît?

LE PETIT MAISTRE.

      La demande m'étonne!
    Pour avoir comblé ma perſonne
    De tous vos dons les plus charmans.

ARLEQUIN à part.

S'il n'étoit pas ſi fat, il ſeroit fort aimable;
    Mortifions un peu ſa vanité.

LE PETIT MAISTRE.

Si je plais, c'eſt à vous que j'en ſuis redevable.

ARLEQUIN.

    Vous vous moquez en vérité,
    Monſieur le Petit Maître,
Je n'ai pas ſeulement l'honneur de vous connoître.

LE PETIT MAISTRE.

Trêve de modeſtie & de déguiſement.

Tous ces bons airs qu'en moi l'on voit paroître,

Ce goût qui regne en mon ajuſtement,

Ce dehors, ces façons, ces riens inexprimables,

Qui rendent tous les cœurs épris,

Ces coups de tête inimitables,

Qui tâchent d'attraper tous nos jeunes Marquis,

Quand on les voit dans les Couliſſes

Déployer leur talens aux yeux des Spectateurs,

Et joüant avec les Actrices,

Chanter plus haut que les Acteurs.

Il chante.

Ah ! belle Reine, eſt-il poſſible

Que vous ſoyez ſenſible

Pour un autre que moi ?

Ah ! belle Reine, eſt-il poſſible,

Que je ne ſois pas votre Roi ?

Il déclame.

En un mot tous ces dons, qui parent ma figure,

C'eſt de vous ſeul que je les tiens.

ARLEQUIN.

Il n'en eſt rien, je vous aſſûre,

Car je ne reconnois pour miens,

Que ceux qui sont marqués au coin de la Nature,
Et jamais Petit Maître . . . . .

LE PETIT MAISTRE.

Oh, je le suis en beau,
Et je le suis dès le berceau.

ARLEQUIN.

Apprenez mieux à vous connoître,
La Nature jamais ne fit un Petit Maître.
Le plus aimable est toûjours apprêté ;
Et c'est en le loüant autant qu'il puisse l'être,
Le Chef-d'œuvre de l'Art & de la Vanité :
Ainsi détrompez-vous.

LE PETIT MAISTRE.

Ce n'est qu'une défaite.
Vous ne pouvez, en ce moment,
Vous dispenser honnêtement
D'abandonner votre Retraite,
Pour me suivre à Paris, où chacun vous souhaite.

ARLEQUIN.

Vous comptez donc sur mon retour ?

LE PETIT MAISTRE.

Oüi vraiment ; j'ai donné ma parole à l'Amour
De vous ramener dans ce jour.

ARLEQUIN.

Le compliment eſt aſſez drôle :
Il eſt bon, mon ami, de vous faire ſçavoir,
Qu'avec tous les appas que vous croyez avoir,
Vous riſquez, à l'Amour, de manquer de parole.
Mais quel eſt le fâcheux qui vient encor nous
    voir ?

SCENE VI.

ARLEQUIN, LE PETIT MAISTRE, UN OFFICIER SUISSE.

LE SUISSE.

Li Tieu qui préſide à la Tonne,
Monſir Pacchus, me preferir à tous,
Et faire choix de mon perſonne
Four faire l'Ambaſſade, & la Harangue à fous.

ARLEQUIN.

L'aimable Ambaſſadeur ! qu'il a de gentilleſſe !
Quand Bacchus a choiſi
Un Envoyé de cette eſpece,
Aſſûrément il étoit dans l'yvreſſe.

LE SUISSE *à Arlequin.*

Moi, mon petit Cadet, fous troufe fort choli ;

Tout li Corps di Bifeurs qu'ici ché reprefente,

S'ennuïer peaucoup Tieu merci,

Di foir fotre perfonne abfente ;

Nous être également, fans li Che ne fçai quoi,

Tout che ne fçai comment, & fans favre pour-

quoi.

LE PETIT MAISTRE *à Arlequin.*

Des Suiffes foupirer après votre prefence !

Ce Phœnomene me furprend,

Je ne croyois pas feulement,

Que le Je ne fçai quoi fût de leur connoiffance.

LE SUISSE.

Toi li parle très-mal, quand toi li parle ainfi ;

Et por tranche un difcours qui m'échauffe mon

pile,

Moi di che ne fçai quoi fi fort être l'ami,

Que li mene foupir fti foir même à la file.

ARLEQUIN *à part.*

Ce ne fera pas d'aujourd'hui.

LE PETIT MAISTRE *au Suiffe.*

Vous pouvez vous paffer de lui,

Et fon fecours vous eft fort inutile ;

Vous n'avez pas, Messieurs, le goût si difficile :
Pourvû qu'un Cabaret, centre de vos plaisirs,
Vous offre une Table garnie,
Il n'est plus rien qui manque à vos desirs.

LE SUISSE.

Fous ouplier le meillir, ché fous prie.

LE-PETIT MAISTRE.

Quoi donc ?

LE SUISSE.

Un Fanchon pien cholie.
Puis dans li même tems li manque au Tieu tu Fin,
Sti ché ni sçai quoi di fin ,
Qui touchours fous refeille ,
Et fous fait afalir de son liqueur fermeille ,
Pendant trois chours entiers li soir & li matin ;
Sans être incommodé di tout li lendemain ,
Ho ! sti che ne sçai quoi n'avre pas sa pareille.
Puis manque à mon moustache encor un acré-
ment,
Qui de Monsir dépend ;
C'est que son petit main rempli de chentillesse,
Li tonne un tour patin, & sti che ne sçai qu'est-ce
Qui me rente charmant
Aux yeux de mon Maîtresse.

ARLEQUIN.

Le bel emploi pour moi !

LE PETIT MAISTRE.

Comment, Monsieur, comment,
Toute votre personne a naturellement
Tant de graces & tant de charmes,
Qu'elle n'a pas besoin d'aucun autre ornement ;
Vos moustaches, sur tout, frisent si joliment,
Que l'objet le plus fier doit leur rendre les armes.

LE SUISSE.

Monsir de France ché t'entens,
Pour faire l'acréaple,
Toi fouloir rire à mes dépens.

LE PETIT MAISTRE.

Moi, rire à vos dépens, je n'en suis point capable;
Et pour être raillé vous êtes trop aimable.

LE SUISSE.

Ne crois point patiner, mon foi,
Dans mon façon, moi l'être autant que toi;
L'avre de mon Pays li craces en partage.

LE PETIT MAISTRE.

Des graces Suisses ! oh, je sens leur avantage.

LE SUISSE.

Par la tertombre, moi,

Moi parlir tout di pon, & fouloir fifte faire

Monfeignir li ché ne fçai quoi,

Chiche de fti petit affaire.

LE PETIT MAISTRE.

Vous êtes fûr d'avoir une victoire entiere.

ARLEQUIN.

Le défi me paroît plaifant,

Je vais vous écouter fort attentivement.

Parlez. Sur pareille matiere,

Je me croi Juge competant.

LE SUISSE.

Eh pien, Monfir, fans tardir dafantache,

Por faire le comparaifon,

Ricarte fon perfonne ; obferfe fti mignon :

Li plûtôt afre l'air, le foix & la fiffage

D'une Fille que d'un Garçon.

Puis toi preffentement, toi contemple mon mine;

Admire cette coffre, & mon larche poitrine ;

Foi fti maintien guerrier, fti front macheftueux :

Foilà, foilà ce que ché nomme

Le témoignache afantacheux,

Et tout li frai peauté d'in homme :

Et foilà ce qui plaît, fur tout,

A tous les Tames di pon cout;

Et dans leur petit cœur fait fenir le tendreffe,
Peaucoup mieux que fti drole afec fon chentil-
leffe.

ARLEQUIN.

Ah, ah, ah, je ris de bon cœur.

LE PETIT MAISTRE *bas à Arlequin.*

Un tel Original vous réjoüit, Seigneur?

ARLEQUIN.

Rien n'eft plus véritable.

Ce Suiffe qui fe croit aimable,

Et qui vient avec vous faire affaut d'agrément,
Me divertit infiniment.

Mais vous, qui vous moquez d'un pareil Perfon-
nage,

Vous me divertiffez encore davantage.

LE PETIT MAISTRE.

Qui, moi, Seigneur, je vous divertis?

ARLEQUIN.

Oüi.

Vous le plaifantez aujourd'hui,

Et vous trouvez fes façons fingulieres,

Lorfque, dans vos manieres,

Vous êtes ridicule autant & plus que lui.

LE

LE SUISSE.

'Oh ! l'eftre fort pien dit cela , Tiaple m'emporte,
Et montre à refpectir un homme de mon forte.

LE PETIT MAISTRE.

La chofe me furprend. Vous trouvez mes façons
Plus choquantes que celles
D'un homme des Treize Cantons :
Dites-moi, pour les trouver telles,
Dites-moi du moins vos raifons ?

ARLEQUIN.

Oh ! pour trancher en deux mots la difpute,
Vous avez pris de mauvaifes leçons,
Et je fais plus de cas de la Nature brute,
Telle qu'en un Suiffe fans fard
On peut la voir paroître,
Que des faux agrémens de l'Art,
Qui brillent dans un Petit Maître.

LE SUISSE.

Mon Peauté fur le tien l'avre enfin emporté.

LE PETIT MAISTRE *à Arlequin.*

Jufqu'ici, d'être aimable, on m'a pourtant flaté.

ARLEQUIN.

Vous êtiez né pour l'être,
Mais l'affectation chez vous a tout gâté.

C

LE PETIT MAISTRE.

Vous m'accusez d'être affecté !

Vous êtes le premier. Tout autant que personne

Je crois avoir, sans vanité,

Ces graces, cette aisance, & cette liberté

Que le grand Monde donne.

J'abhorre sur tout l'air que vous me reprochez.

ARLEQUIN.

Il y paroît à vos manieres.

Vous caressez ainsi vos lévres minaudieres,

Et voici comme vous marchez.

Il se promene & contrefait le Petit Maître.

LE SUISSE.

Li marchir en catence,

Comme faire un Maître à Tanser.

LE PETIT MAISTRE *à Arlequin*.

Eh, comment donc marcher ? montrez-m'en la

science.

ARLEQUIN.

Tout naturellement, sans paroître y penser.

LE SUISSE.

Comme li marche, moi. La façon la plus ronde

Estre la meillire façon.

Ricarte sti pon air, profite du leçon,

Et par là, plaire à tout li monde.

LE PETIT MAISTRE, *d'un air ironique.*

Cette démarche est noble, & vous avez raison.

à Arlequin.

Ah ! c'est trop m'éprouver. Seigneur, je vous

    supplie,

De vous déterminer à partir avec moi,

    Et de quitter la raillerie,

LE SUISSE.

Lui montir dans mon Chaise, & ne point suifre

    toi.

ARLEQUIN.

Je voudrois à tous deux vous être favorable,

Mais je ne puis me rendre à vos soins empressés.

LE PETIT MAISTRE.

D'où vient ?

LE SUISSE.

    Porquoi ?

ARLEQUIN *montrant le Petit Maître.*

    Monsieur, veut faire trop l'aimable,

Et vous ne l'êtes pas assez.

LE SUISSE.

L'être plus qu'il ne faut, & de ton compagnie

Moi me passir fort pien, Monsir Che ne sçai quoi,

Pendant trente-cinq ans, moi l'afre pu fans toi,
Et li poire encor pien li refte de mon fie.
Il s'en va en peftant.

SCENE VII.

ARLEQUIN, LE PETIT MAISTRE.

LE PETIT MAISTRE.

ADieu, Seigneur, votre efprit s'eft gâté,
Vous avez même contracté
Une humeur brufque, un air fombre & fauvage,
A Paris, aujourd'hui, vous feriez peu goûté ;
Vous faites fagement de refter au Village.
Il fort.

SCENE VIII.

ARLEQUIN, LE PUBLIC FEMININ.

LE PUBLIC.

AH, vous voilà, Seigneur, je vous trouve à
    la fin,
Mais ce n'eſt pas ſans une peine extrême :
Je n'en puis plus. Il faut bien qu'on vous aime
    Pour avoir fait tant de chemin,
Et pour vous viſiter juſques dans ces retraites.

ARLEQUIN.

Madame, apprenez-moi, s'il vous plaît, qui vous
    êtes.

LE PUBLIC.

    Quoi ſe peut-il en ce moment,
    Que le Pere de l'Agrément
      Et de la Gentilleſſe,
Me demande mon nom, & qu'il me méconnoiſſe ?
Moi, l'objet autrefois de ſon empreſſement,
    Et de ſa plus vive tendreſſe :
Moi, qui décide ſeul, & ſouverainement,
Des affaires qui ſont de ſon département ;

Moi, dont le Tribunal est tout puissant en France,
Dont le goût naturel surpasse la Science
    Du Peuple Auteur qu'il éclaire souvent ;
Qui, l'Evantail en main, juge aussi sûrement,
    De la bonté des Pieces de Théâtre,
Que de l'air des Habits & de l'Ajustement,
      Dont je suis Idolâtre.
Ma regle sûre est le pur sentiment.
      Mon cœur tendre & sensible
     Dicte lui seul tous mes Arrêts ,
     Et cet Oracle infaillible
     Est l'Arbitre sûr des succès.
Ce n'est qu'à ce qui porte un caractere aimable ,
    Que mon encens est départi ,
On ne l'obtient jamais, si l'on n'est agréable,
Connoissez à ce trait votre meilleur ami
Le Public, qui toûjours vous a le plus cheri,
     A R L E Q U I N.
Vous êtes le Public ? vous.
     LE PUBLIC,
       Oüi.
     ARLEQUIN.
        Le véritable.

LE PUBLIC.

Oüi, je fuis ce Public délicat & choifi,
Qui détermine l'autre, & qui s'en voit fuivi.

ARLEQUIN.

Le Public en Cornette! il eft méconnoiffable.
Mais pourquoi donc? à quel deffein
Vous traveftir de la forte?

LE PUBLIC.

C'eft l'habit qu'en tout tems je porte,
Puifque je fuis le Public Feminin,
Cette aimable moitié du plus grand monde enfin,
Dont je fais l'ornement & l'ame.

ARLEQUIN.

Ah! Monfeigneur ou bien Madame,
Car je ne fçai comment il faut vous appeller,
Pardonnez à l'erreur qui m'avoit fçû troubler.
Je revere le Public Femme;
D'être cheri de lui je me fens trop flatté,
Et cette double qualité,
Me fait fentir le prix d'une amitié fi chere,
Et craindre en même tems les traits de fon cour-
roux.
Malheur à qui fe voit haï de vous,
Et trop heureux qui fçait vous plaire.

Oüi, de tous les encens le vôtre eſt le plus doux,
Et vous donnez le ton au Public votre Frere.
    Mais, dans ce Séjour écarté,
    Madame, qui vous a conduite ?
      LE PUBLIC.
    Les Graces & la Volupté,
      Qui depuis votre fuite
Ont perdu leurs attraits & leur vivacité,
Vous ſçavez qu'elles ſont le partage ordinaire
    De notre Sexe né pour plaire,
Formé pour les Amours, porté vers le Plaiſir,
    Et qui fait ſon unique affaire,
    De l'inſpirer & de le reſſentir :
    Mais chaque jour notre adreſſe impuiſſante
A beau le varier, & beau le traveſtir
      Sous une forme differente,
Il lui manque ſans vous cette pointe charmante,
Et ce Je ne ſçai quoi, qui pique le deſir.
    Sa douceur n'eſt plus apparente;
Ou plûtôt avec vous le Plaiſir s'eſt enfui :
Sans pouvoir le ſaiſir, je le cherche ſans ceſſe.
    Je crois ſouvent, dans mon yvreſſe,
    Que je le tiens, & vais joüir de lui :
    Mais je ne trouve que l'Ennui

Sous le mafque de l'Allegreffe.
ARLEQUIN.
Le Plaifir me reffemble , il eft un peu malin,
Lorfqu'on croit le tenir , il échape foudain.
LE PUBLIC.
Que dis-je , pour chaffer la Trifteffe cruelle ,
    'Un Monftre encor plus affreux qu'elle ,
    Qu'ont mis au jour le Defir effrené ,
        Et la Coquetterie ,
'A fait fentir par tout fon foufle empoifonné.
      On l'appelle Galanterie.
Il a , fous ce beau nom , féduit tous les efprits,
Et trouvé le fecret de regner dans Paris.
Il fe dit des Plaifirs le Pere véritable ,
    Et n'eft que la fource effroyable
    Du Repentir & du Dégoût.
En rendant tout facile , il a renverfé tout.
Cet ennemi fatal de la Délicateffe
Par fon affreux fiftême a détruit la Tendreffe :
Il a fait de l'Amour , un Commerce honteux
Formé fans fentimens , & lié fans eftime ,
    Où l'on joüit fans être heureux ;
Un Trafic paffager , que l'Interêt anime ,
Que produit l'Inconftance , & qu'ils rompent tous
   deux ;

Des regles de la bienséance
Notre cœur osant s'affranchir,
S'écarte du chemin en croyant l'accourcir,
Et nous avons beaucoup perdu de l'Innocence,
Sans rien gagner du côté du Plaisir.

ARLEQUIN.

Par la seule Innocence on y peut parvenir,
Le Plaisir est trop pur pour subsister sans elle,
On ne sçauroit briser leur chaîne mutuelle
Sans le détruire ou l'affoiblir.

LE PUBLIC.

Ce qui me désespere,
Comme lui l'Agrément affecte de me fuir.
A combler ma misere,
Seigneur, tout semble concourir.
J'ai de la peine à plaire,
Et je ne puis me divertir.
Je commence le jour par me mettre en colere :
On m'éveille mal-à-propos
Dans l'instant que je goûte un tranquile repos.
Je m'arrache à regret des bras de la Mollesse,
Je crois que du Sommeil la force enchanteresse
Aura du moins reposé mes attraits,
Que je vais me lever plus belle que jamais.

Je cours me regarder : mais j'en fuis bien punie ;

Je vois les mêmes traits,

Mais je ne trouve plus ma Phifionomie,

Ni cet air animé qui leur donne la Vie.

A mon fecours j'appelle l'Art flateur,

Pour ramener cet éclat féducteur,

Plus d'une habile main s'applique & s'étudie.

De m'avoir rendu ma Beauté

On s'applaudit déja, mon cœur en eft flaté,

Quand par une Boucle indocile

Tout l'ouvrage eft gâté :

On fait pour la reduire un effort inutile,

J'y mets la main moi-même, & n'y puis réüffir.

L'Art me rend ridicule, au lieu de m'embellir,

Et par malheur la chofe eft fans remede.

Le chagrin que j'en ai me rend encor plus laide.

ARLEQUIN.

Vous méritez votre Laideur,

Et c'eft pour vous apprendre,

A vouloir employer l'Artifice trompeur.

LE PUBLIC.

Pour mettre enfin le comble à ma mauvaife hu-

meur,

Un Abbé doucereux à force d'être tendre,

Précedé d'un Robin, & fuivi d'un Auteur,
A ma Toilette vient fe rendre.

ARLEQUIN.

Quel amufant Trio de toutes les façons !

LE PUBLIC.

L'Abbé m'endort en me prêchant fleurette,
Et l'Avocat m'affomme en plaidant fes raifons ;
L'Auteur un peu moins fot, fans en être plus fage,
Se taît en m'offrant un Ouvragé,
Qu'il s'empreffe de publier.
Je le lis ; mais je fens dès la premiere page :
Quoiqu'on m'ait fait l'honneur de me le dédier,
Et que de mon mérite il faffe l'étalage,
Je fens qu'il n'a pas moins le don de m'ennuyer.
Mon Vifage en fait la critique.
Je bâille, en attendant l'heure de l'Opera,
Qui me délivre enfin de ces trois Meffieurs-là.
Je m'y rends pour entendre une Chanteufe uni-
que,
Qui porte jufqu'aux Cieux fa voix fans la forcer,
Qui ne connoît d'autre art que l'art de prononcer,
Et n'a que le cœur feul pour Maître de Mufique.

ARLEQUIN.

Si j'étois à Paris elle auroit ma pratique.

LE PUBLIC.

Mais de plus d'un Acteur que je ne puis souffrir,
Le chant défagréable & la mauvaife grace
En troublant fes accords, trouble tout mon plaifir,
  Et dans mon cœur portant la glace,
Y fait rentrer l'Ennui qui venoit d'en fortir.
Ce poifon eft mêlé d'un tranfport de colere,
Et je ne puis alors m'empêcher d'envier.
L'heureufe liberté dont joüit le Parterre,
  Et l'avantage qu'a mon Frere
De fifler, quand il veut, pour fe defennuyer.

ARLEQUIN.

Si les Dames fifloient en pleine Comedie,
  J'irois exprès pour voir cela.
Elles feroient, je crois, une mine jolie.

LE PUBLIC.

  Ce n'eft pas tout, je fors de là,
  Et je me rends aux Thuilleries,
Efperant diffiper un mal de tête affreux.
Mais malgré leur éclat qui vient fraper mes yeux,
Je fens que par l'Art feul elles font embellies,
  Et je défire à ces beaux Lieux,
L'air fimple & naturel qu'on voit dans ces Prairies.
J'ai beau les parcourir avec empreffement,

Pour divertir l'ennui dont je suis possedée,
    Et joüir de l'amusement
    De regarder & d'être regardée :
    Je n'aperçois à chaque instant
Qu'ajustemens sans goût, & que modes choquan-
    tes,
    Qu'airs empruntés, mines impertinentes.
    A force d'être trop parés,
    J'y vois des hommes ridicules,
    Imitans nos Paniers outrés,
Maronnés comme nous, & beaucoup plus pou-
    drés;
    Il ne leur manque que des mules.

ARLEQUIN.

Que j'ai bien fait de les quitter.

LE PUBLIC.

Lasse de prendre l'air, bien moins que la poussiere,
Et sentant que mon mal ne fait que s'augmenter
Par tant d'objets qui n'ont que l'art de me déplaire,
    Et contre qui je me sens irriter,
    Même à l'instant qu'ils me font rire,
Je quitte ces Jardins, sans avoir pû goûter
D'autre contentement que celui de médire.

ARLEQUIN.

Vous ne pouvez pas mieux faire votre satyre.

LE PUBLIC.

Je compte que la nuit va me dédommager
    D'avoir passé tristement la journée ;
Et par la Volupté je me vois amenée
Dans un Hôtel riant, tout fait pour la loger.
    D'abord la gayté se déploye
Sur le front animé du Maître du Logis,
Et de là se répand parmi tous les esprits.
D'un Repas enchanteur tout annonce la joye ;
Petits plats délicats, & Convives choisis.
Le Goût préside à tout ; les Graces & les Ris
    Avec nous sont assis à table.
On sent bientôt regner ce concert délectable,
    Qui naît des cœurs bien assortis,
Et forme l'enjoûment, sans qui les mets exquis
    N'ont qu'un goût effroyable.
On se livre aux accès d'une folie aimable ;
Le Plaisir désiré vient insensiblement
    Dans le vif transport qui m'enflamme,
Avec un Vin de Grave aussi frais que brillant,
Je le sens, ce Plaisir, qui coule dans mon ame.
Dans le moment fatal qu'un homme affreux, pesant,

Qu'on n'attend point, forçant la porte,
Vient prefenter fon vifage affommant,
Et glacer tous les cœurs par l'ennui qu'il apporte,
Nous prenons tous la fuite, & notre joye eft
          morte.
          Pour furcroît d'agrément,
Je rencontre chez moi mon mari qui m'attend,
Et veut m'entretenir quand je fuis arrivée ;
          Mais je le quitte brufquement,
          Et vais me coucher en grondant,
          Ainfi que je me fuis levée.
          ARLEQUIN.
Votre recit eft fort touchant.
          LE PUBLIC.
Par le détail exact de l'ennuyeufe vie
Que je mene, depuis que vous êtes abfent,
     Jugez, Seigneur, de ma peine infinie :
C'eft de votre retour que mon bonheur dépend.
          ARLEQUIN.
Je puis vous donner maintenant,
Madame, fans quitter cette Plaine fleurie,
Le moyen de goûter plus de contentement,
     Et de vous rendre plus jolie.

LE

LE PUBLIC.

Et comment donc ?

ARLEQUIN.

       Premierement,

Fuyez l'Art imposteur dont vous êtes esclave ;

Couchez-vous de bonne heure, & levez-vous

    matin ;

      N'usez plus tant de Vin de Grave,

Et vous aurez le Tein plus frais le lendemain.

LE PUBLIC.

Vous voulez qu'avec l'Art je me broüille aujour-

    d'hui,

      Quand son secours m'est favorable.

ARLEQUIN.

      Vous êtes née assez aimable

       Pour vous passer de lui :

Rapprochez-vous du Naturel, Madame,

     Qui peut lui seul vous embellir ;

A cet instinct si sûr, laissez aller votre ame,

     Il la sçaura mener droit au Plaisir,

Et vous m'obligerez par là de revenir.

LE PUBLIC.

Venez plûtôt, venez vous-même nous conduire

    Dans le chemin qu'il faut que nous tenions.

                D

ARLEQUIN.

Je mettrois mon retour à des conditions...

LE PUBLIC.

Je m'y soumets, vous n'avez qu'à les dire.

ARLEQUIN.

Madame, accordez-moi deux jours pour les
écrire.

LE PUBLIC.

Soit : mais vous me tiendrez parole, s'il vous plaît;
    Car je n'écoute point d'excuse.
Je suis Peuple, Seigneur, & Femme qui plus est;
    Impunément jamais on ne m'abuse :
    Après-demain tenez-vous prêt,
Je viendrai vous tirer de ce Séjour champêtre.
    A votre aspect, l'Ennui va disparoître,
        Les Graces vont se rétablir,
        Et tous les Plaisirs vont renaître.
        Quel favorable changement !
        L'Abbé va devenir piquant,
        Le Financier leger, aimable;
Le Robin amusant & railleur agréable;
        L'Auteur, plein d'agrément :
Et, jusqu'à mon Mari, tout va m'être charmant.

SCENE IX.

ARLEQUIN, UN ACTEUR FRANÇOIS.

L'ACTEUR.

Dans l'état déplorable où nous sommes re-
duits,
Je ne fçais où je vais, je ne fçais où je fuis !
Ah ! Seigneur, pardonnez à mon defordre extrême.

ARLEQUIN.

Que cherchez-vous ici ?

L'ACTEUR.

Je vous cherche vous-même.

ARLEQUIN.

Mais, quel homme êtes-vous ?

L'ACTEUR.

Je fuis Heraclius,
Mitridate, Cefar, Pompée & Regulus ;
Pour tout dire en un mot, je regne fur la Scene,
Et je fuis envoyé vers vous par Melpomene.
C'en eft fait ; nous touchons à notre dernier jour ;
Son Empire eft détruit fans votre prompt retour.

Privé de vos attraits & de votre preſence,
Sur les cœurs revoltés je n'ai plus de puiſſance.
Je ſuis envain paré du grand titre de Roy,
Quand le Peuple eſt mon Maître, & m'impoſe la
   Loy :
Si-tôt que je n'ai point le bonheur de lui plaire,
Sa redoutable Voix me contraint de me taire,
Il ne pardonne rien à qui l'oſe ennuyer.
Quand je ſonge aux affronts qu'il me faut eſſuyer,
Une juſte Fureur de mon ame s'empare.
Je jette mon Chapeau, je deſcens au Tartare,
Je marche à la lueur du flambeau d'Alecton,
J'embraſſe Proſerpine en dépit de Pluton.
Dieux ! il veut me fraper de ſon Sceptre effroya-
   ble !

ARLEQUIN.

Cet homme-là, je crois, eſt poſſedé du Diable.

L'ACTEUR.

Arrête ! Dieu cruel ..... pour éviter ſes coups
Fuyons ... J'entens Cerbere aboyer après nous.
Il ſe lance ſur moi dans ſa cruelle rage !

ARLEQUIN.

Dites-moi, Roi des Fous, pourquoi tout ce Ta-
   page ?

Pourquoi vous tourmenter avec tant de fureur?

L'ACTEUR.

Pour exciter en vous une noble terreur.

ARLEQUIN.

Que la Peste t'étouffe! avec ce Bruit terrible,
Tu n'excites en moi, qu'un mal de tête horrible.

L'ACTEUR.

Applaudiſſez du moins à mes Geſtes choiſis,
Et de mon Jeu muet ſentez bien tout le prix;
Au Mérite, au Talent, rendez enfin juſtice,
Et du Chapeau ſur tout admirez l'Exercice.
En trois tems je le mets & l'ôte fierement;
Puis ma Main, avec grace, en décore mon Flanc.
Vous vous armez en vain d'un Front ſauvage &
    rude,
Vous ne ſçauriez tenir contre cette Attitude.

ARLEQUIN.

Campé de la maniere, ô Prince ſans égal!
Il ne vous manque plus, vraiment, qu'un pied-
    d'Eſtal,
Et vous orneriez bien une Place publique:
Mais vous m'ennuyez fort dans ce Séjour ruſtique.

L'ACTEUR.

Ah! pour vous ramener au ſein de nos Etats,

Il faut, je le vois bien, que je marche à Grands Pas,
Et qu'épuifant mon Art.... Mais, inutile gêne!
A me battre les Flancs je perds toute ma peine.
J'ai beau rouler mes Yeux; j'ai beau lancer ce Bras,
Et forcer mon Gofier, vous n'applaudiffez pas!
Aux Efforts que je fais vous êtes infenfible,
Et montrez la rigueur d'un Parterre inflexible.
Puifque vous n'êtes point frappé par la Terreur,
Voyons fi la Pitié touchera votre cœur.
J'embraffe vos genoux, & j'implore vos charmes;
Laiffez-vous, Dieu puiffant, attendrir par mes
　　larmes;
Soyez touché du Sort d'un Prince malheureux,
Qui n'eft plus refpecté fous fes Habits pompeux.
Je vois à chaque inftant ma Grandeur méprifée:
Mes vœux infortunés excitent la rifée.
Venez rendre à mon Rang fa premiere fplendeur,
Et répandre fur nous ce Charme féducteur,
Qui fçait nous attirer une Indulgence extrême,
Et qui fait applaudir jufqu'à nos Défauts mêmes.
Ne laiffez point tomber un Théâtre fameux,
Dont vos faveurs jadis ont fait fleurir les Jeux.
Au nom d'Agamemnon, au nom de nos Princeffes,
Venez du Peuple enfin nous rendre les tendreffes.

ARLEQUIN.

Prince, n'avez-vous rien à me dire de plus?

L'ACTEUR *se levant.*

Non, d'en avoir tant dit je suis même confus;
Vos Mépris redoublés laffent ma Patience,
Et tout m'infulte en vous jufqu'à votre Silence.
Je fuis entré, Seigneur, Eperdu dans ces Lieux,
Et vous me contraignez d'en fortir Furieux.
Adieu, je vais, je cours, guidé par la Colere,
Des Princes tels que moi la reffource ordinaire,
Remplir tous nos Etats des horreurs que je fens,
Pour premiere victime immoler le bons Sens;
Et fignalant mes Coups par des Débris illuftres,
Poignarder le Souffleur, & brifer tous nos Luftres.

S C E N E   X.

LE MUSICIEN, LA DANSEUSE, ARLEQUIN.

LE MUSICIEN *à la Danseuse.*

DE nos communs Effors nous devons tout attendre.

Vos Pas brillans . . . .

LA DANSEUSE.

Votre Voix tendre . . . .

LE MUSICIEN.

Ah ! c'est Vous.

LA DANSEUSE.

Ah ! c'est Vous,

ENSEMBLE.

Qui charmerez ce Dieu.

LA DANSEUSE *déclame.*

Mais le voilà qui paroît dans ce Lieu.

LE MUSICIEN *chante.*

Vous voyez un des Favoris
Du Dieu de l'Harmonie.

LA DANSEUSE.

De Terpsicore, moi, je suis

Une Eleve chérie.

Elle déclame.

Vers Vous, Seigneur, par ces Divinités
L'un & l'autre aujourd'hui nous sommes députés.

LE MUSICIEN.

Sans Vous, malgré mon Art, nos Concerts assou-
piffent.

LA DANSEUSE.

Et fans Vous nos Fêtes languiffent
Malgré tout mon Talent.

ARLEQUIN.

Madame excelle donc au grand Art de la Danfe,
Et Monfieur prime dans le Chant?

LE MUSICIEN *chante.*

Du Public enchanté j'ai merité l'Eftime,
Je réunis les Goûts divers.
Je fuis tantôt Badin, je fuis tantôt Sublime,
Je fais l'honneur de nos Concerts;
Ma Canne feule les anime,
Et fait fentir l'efprit qui regne dans nos Airs.

LA DANSEUSE.

Je fuis le Phœnix de la Danfe,
Je fais l'étonnement des yeux;
Et comme une Aigle qui s'élance,

Je m'éleve jufques aux Cieux.

LE MUSICIEN.

Grace à mon Art divin, j'affronte le Tonnerre,
Je maîtrife & parcours les Elemens divers;
Soutenu par mes Sons je vole dans les Airs,
Je regne fur la Terre,
Et je nâge au milieu des Mers.

LA DANSEUSE.

D'un Zéphir mutin,
Folâtre & badin,
Par un effort noùveau
Je fuis le tableau;
Et mon Pied leger
Vole, & trace dans l'air,
Par fon rapide cours
Cent Lacs d'Amours.
La Jeuneffe,
La Vieilleffe,
Admirent mes Entrechas;
La jufteffe,
La vîteffe
Qu'on voit dans mes Pas,
Ne fe conçoit pas.

LE MUSICIEN.

Mon Talent le plus grand & le plus admirable,
Eſt celui d'inſpirer un Sommeil favorable.

    Mes Sons endorment noblement,
    Et je fais bâiller décemment.
Si je peins un Buveur renverſé ſous la Table,
    Vous l'entendez diſtinctement
    Qui ronfle muſicalement.

LA DANSEUSE.

    Mes bras expriment la Molleſſe
    Repoſant ſur un Lit de fleurs;
    Et mes yeux peignent l'Yvreſſe
    Où plongent de tendres Ardeurs.

LE MUSICIEN.

Je célebre l'Amour, je chante ſon Empire
    Sur tout ce qui reſpire.
A l'Oreille je peins les Charmes du Printems,
Et le Soufle leger du Zéphir qui ſoupire.
J'imite par mes Sons tous les Chants differens
Des Oiſeaux amoureux qui plaignent leur Mar-
tyre :
    On croit oüir parfaitement
Un Serin qui ramage, un Pigeon qui roucoule,
    Et qui gémit de ſon tourment ;

Le Jet d'eau qui s'élance audacieusement,
Le Cascade qui tombe, roule,
Et qui de-là se coule
Dans le lit d'un Fleuve charmant.

LA DANSEUSE.

Mes Pas qui coulent doucement,
D'abord imitent l'Onde pure ;
Puis, précipitant leur mesure,
Partent vîte comme un Torrent.

LE MUSICIEN.

Au Goût François j'allie
Le Goût brillant de l'Italie ;
Je fais dans mes Airs nouveaux
Badiner (3. *fois.*) les jeunes Fleurettes.
Je fais dans mes Chansonnettes
Sautiller (3. *fois.*) les petits Moineaux ;
Et par mes tendres Musettes,
Fretiller (3. *fois.*) les Habitans des Eaux.

LA DANSEUSE.

Mes Yeux naïfs & mes Airs innocens,
D'une Agnès aux regards tracent le caractère ;
D'une Coquette qui veut plaire,
Je peins les Gestes agaçans,
Par ma Danse vive & legere.

Faut-il d'une Jalouse exprimer la Colere ?
D'un pas impétueux
Je vole après mon Infidele,
Pour le surprendre avec sa Belle ,
Et pour les étrangler tous deux.

ARLEQUIN.

Arrêtez. Il suffit. Avec toute la France,
Madame, j'applaudis, j'admire votre Danse :
Rien n'est plus surprenant, plus fort, ni plus hardi.

LA DANSEUSE.

Ah ! vous me suivrez donc, la chose étant ainsi.

ARLEQUIN.

Vous m'en dispenserez, Madame.

LA DANSEUSE.

Eh ! qu'ai-je en moi qui rebute votre ame ?

ARLEQUIN.

Un défaut qui feroit un défaut accompli.

LA DANSEUSE.

Quel défaut ?

ARLEQUIN *faisant la capriole.*

Vous sautez trop bien pour une Femme.

LA DANSEUSE.

Air,   Que vous jugez mal,
Un Sault. Mon cher petit Bonhomme,

Que vous jugez mal,
Mon petit Animal :
Peut-on trouver un défaut,
A Fille qui fait un Sault,
Deux Saults, &c.   *Elle s'en va.*

SCENE XI.

ARLEQUIN, LE MUSICIEN.

LE MUSICIEN.

ET moi ?

ARLEQUIN.

Par l'Action, par la Délicatesse,
Par l'Esprit & la Gentillesse ,
Vous l'emportez sur tous les Amphions,
Et votre Jeu supplée au défaut de vos Sons ;
De tout faire sentir vous avez la Science ,
Et rendez finement un Personnage outré :
Mais pour attirer ma Présence,
Vous êtes, bel Orphée, un peu trop maniéré.

LE MUSICIEN.

Adieu. Je vous croyois le Goût plus épuré :
Sachez, quand il s'agit de Musique & de Danse,

Que l'Art toûjours doit être preferé.

Il chante en s'en allant.

Un Pigeon qui roucoule.

ARLEQUIN *le contrefait, & repete.*

Un Pigeon qui roucoule.

SCENE XII.

ARLEQUIN, SILVIA.

ARLEQUIN.

AH ! le joli Tendron qu'ici je vois paroître !

à Silvia.

Belle, qui vous envoye en ce Séjour champêtre ?

SILVIA.

C'eft Momus dont je fuis la Loi,

Et de la part de cet aimable Maître,

J'y cherche le JE NE SÇAI QUOI.

ARLEQUIN.

Vous le voyez en ma Perfonne.

SILVIA.

En ce cas de fa part recevez ce Brevet.

ARLEQUIN.

C'eft bien de l'honneur qu'il me fait.

SILVIA.

Vous méritez, Seigneur, ce qu'il vous donne.

ARLEQUIN *lit en ânonant.*

Le Dieu porte.... le Dieu porte....

SILVIA.

Ah ! pour un Dieu, comme vous ânonez !
Je vais lire pour vous : donnez, Seigneur.

ARLEQUIN.

Tenez.

SILVIA *lit.*

Le Dieu Porte-Marotte,
Au Dieu JE NE SÇAI QUOI, Citoyen des Forêts,
Salut, Folie & Paix.

Notre Corps admirant sa Conduite falotte,
D'avoir quitté Paris, le plus beau des Séjours,
Pour s'enterrer dans une Grotte,
Et de fuir les Mortels, pour vivre avec les Ours,
Lui décerne à Voix haute,
Tous les Honneurs de la Calotte.
Nous remettons nous-même, dans sa main,
Le Sceptre Calotin.
Enjoint à lui par la Folie
De l'accepter malgré sa modestie,
Et quitter son Desert, notre Brevet reçû,

Sous

Sous peine, s'il resiste à cet Ordre absolu,
De perdre la parole,
Et cet air ingénu,
Qui du Public le rend l'Idole;
D'être pesant & malotru,
Même en faisant la Capriole,
Et de devenir aujourd'hui
Le fleau de la Joye, & le Dieu de l'Ennui.
Fait je ne sçai quel Jour, à je ne sçai quelle Heure,
Dans je ne sçai quelle Demeure,
Par un Auteur du Regiment,
Appellé JE NE SÇAI COMMENT.

ARLEQUIN.

C'est bien joli!

SILVIA.

La Piece a donc votre Suffrage.

ARLEQUIN.

Je parle du Lecteur, & non pas de l'Ouvrage.
Votre bouche rend flateurs
Les traits piquans de la Satyre,
Et je les préfere aux douceurs
Que les autres peuvent me dire.

SILVIA.

Ah! vous me dites-là vous-même des fadeurs;

Je vous dirai, pour moi qu'aucun égard n'arrête,
Qu'il n'eſt qu'un mot qui ſerve en cette occaſion.
Suis-je de votre goût ou non?
Répondez net, & vîte, je vous prie.

ARLEQUIN.

Moi, je vous trouve fort jolie.

SILVIA.

Il faut me le prouver non par un compliment,
Mais par un prompt effet quittant cette Demeure,
Et me ſuivant en France tout à l'heure.

ARLEQUIN.

Tout à l'heure? le cas eſt-il donc ſi preſſant?

SILVIA.

Oüi, point de retardement.
Décidez-vous, Seigneur? Au bas de la Requête
Mettez Bon ou Neant.

ARLEQUIN.

Cet air mutin ſuffit pour faire ma conquête,
Et vous avez un minois ſi fripon,
Qu'en dépit qu'on en ait, il faut bien dire, Bon.

SILVIA.

Donnez-moi donc la main ſans autre repartie,
Et venez avec moi vous rendre au Regiment.
Mon cœur avec le vôtre a de la ſympathie;

Et nous nous convenons tous deux parfaitement.
Vous êtes fait pour la Folie,
Et moi pour l'Agrément.
Venez, volez, partons inceſſamment.

ARLEQUIN.

Taupe. J'irai par tout en votre Compagnie,
Et l'on nous verra Vous & Moi
Ce ſoir même à la Comédie.
A tous les cœurs je donnerai la loi :
On vous applaudira ſans ceſſe.
Moi je ſerai JE NE SÇAI QUOI,
Et vous ſerez JE NE SÇAI QU'EST-CE.

Il part avec Silvia.

SCENE XIII.

MOMUS *seul*.

POur le coup je triomphe, & le voilà parti ;
Ma Sujette l'emmene, & me comble de gloire,
Sur tous les autres Dieux j'emporte la victoire :
Au gré de mes defirs l'ouvrage a réüffi.
Je cours vîte à Paris accompagner l'Entrée
　　　Du Dieu de l'Agrément,
　　Je veux qu'elle foit celebrée
　　　Par tout mon Regiment ;
Par mon ordre déja la Fête eſt préparée.

SCENE XIV. ET DERNIERE.

Le Théâtre change & represente une Salle ornée de tout ce qui peut caracteriser la Folie & l'Agrément, réünis ensemble.

On mêne en triomphe Arlequin avec Silvia.

UN CALOTIN *chante.*

QUe le Tambour, que la Trompette,
Célébrent de Momus le Triomphe éclatant,
Que la Flûte, que la Musette,
Annoncent le retour du Dieu de l'Agrément ;
Il vient regner dans notre Regiment.
Que le Tambour, que la Trompette,
Annoncent de Momus le Triomphe éclatant.

UN CALOTIN.

Grands Officiers de la Calotte,
Devant ce Dieu fléchissez les genoux,
Armés sa main de la Marotte.
Qu'il regne ici : Momus n'en sera point jaloux.

Ici tous les Officiers de la Calotte vont rendre hommage à Arlequin, & lui présenter la Marotte, qu'il reçoit comiquement en faisant plusieurs lazzis.

UN CALOTIN.

Calotins ennuïeux, Calotins sans merite,
Fuïez vîte, on vous casse tous.
De notre Regiment, on ne veut que l'élite,
Accourez seuls, aimable fous.

On danse.

UN CALOTIN.

Le partage du Regiment
Est la saine Philosophie.
L'esprit de l'aimable Folie,
Qui regne dans ce corps brillant,
N'est que la raison travestie,
Sous les habits de l'Enjoüement,
Et la Morale embellie
Par le secours de l'Agrément.

VAUDEVILLE.

I.

A l'Univers rendons justice,
Même en dépit qu'il en ait,
De quelque façon qu'on agisse,
On est digne du Brevet.
Que la Marotte
Passe soudain
De main en main ;

Que la Calotte
Couvre la tête falotte
Du Genre Humain.

I I.

Un Noble mange pour paroître
Principal & Revenus.
Un Riche heureux, s'il vouloit l'être,
Meurt de faim fur fes Ecus.
Que la Marotte, &c.

I I I.

Un Pédant né defagréable
Prétend faire le Galant.
Un Marquis ignorant, aimable,
Veut fe donner pour Sçavant.
Que la Marotte, &c.

I V.

Aujourd'hui l'Opéra nous frape,
Demain les Comédiens.
Après demain on nous attrape
Par les moindres petits riens.
Que la Marotte, &c.

V.

ARLEQUIN *au Parterre.*
Heureux fi le Parterre affable

Goûtoit ce Jeu calotin ,
Et que d'une voix favorable
Il chantât notre refrein ,
Que la Marotte, &c.

FIN.

www.ingramcontent.com/pod-product-compliance
Ingram Content Group UK Ltd.
Pitfield, Milton Keynes, MK11 3LW, UK
UKHW020952140726
13695UKWH00003B/1371